Este libro pertenece a:

_____

_____

Román, Celso, 1947-
   El árbol de los tucanes / Celso Román ; ilustraciones Michi
Peláez. -- Edición Mireya Fonseca Leal. -- Bogotá : Panamericana
Editorial, 2011.
   44 p. : il. ; 23 cm. -- (Colección OA infantil)
   ISBN 978-958-30-3662-0
   1. Cuentos infantiles colombianos 2. Árboles - Cuentos infanti-
les 3. Animales - Cuentos infantiles 4. Tucanes - Cuentos infantiles
5. Libros ilustrados para niños I. Peláez, Michi, 1960-, il. II. Fonseca
Leal, Raquel Mireya, ed.
III. Tít. IV. Serie.
I863.6 cd 21 ed.
A1279892

      CEP-Banco de la República-Biblioteca Luis Ángel Arango

El árbol
de los
tucanes

Editor
Panamericana Editorial Ltda.

Edición
Mireya Fonseca Leal

Ilustraciones
Michi Peláez

Diagramación y diseño de cubierta
® Marca Registrada Diseño Gráfico Ltda.

Primera reimpresión, agosto de 2012
Primera edición, marzo de 2011

© Celso Román
© Panamericana Editorial Ltda.
Calle 12 No. 34-30, Tels.: (57 1) 3649000
Fax: (57 1) 2373805
www.panamericanaeditorial.com
Bogotá, D.C., Colombia

ISBN: 978-958-30-3662-0

Impreso por Panamericana Formas e Impresos S.A.
Calle 65 No. 95-28. Tels.: (57 1) 4302110 - 4300355.
Fax: (57 1) 2763008
Bogotá, D.C., Colombia
Quien solo actúa como impresor.

Impreso en Colombia   *Printed in Colombia*

El árbol de los tucanes

Celso Román

Ilustraciones
Michi Peláez

PANAMERICANA
EDITORIAL

Para Maco, Valen, Pat
y todos los árboles generosos
que nos regalan su fruto

Quiero contarles mi historia.

Soy un árbol enorme lleno
de frutos y de pájaros.

9

Mi vida empezó hace
muchos, muchos años,
cuando yo era
un fruto muy pequeño

y un tucán hambriento
se encontró conmigo.

11

"¿Puedes alimentarme?",
preguntó el tucán.

"¡No! ¡No! ¡No!",
dijeron mis hermanos,
los demás frutos.

"¡Escóndete!
¡No te dejes comer!
¡Vuélvete amargo!"
me aconsejaron.

13

Pero a mí me pareció
que el tucancito sufría tanto,
que era mi deber ayudarlo:

"Puedes alimentarte conmigo",
le dije, y él me tomó con su pico.

Y así fue como empecé
un viaje maravilloso, por
un mundo tibio, donde
fui transformándome
poco a poco…

Sentí que perdía
mi cáscara y alimentaba
al tucán, para que
él pudiera cantar…

Luego sentí cómo mi pulpa
azucarada le daba fuerza a sus
alas, que crecieron hermosas,
para que pudiera volar...

Con su plumaje lleno de colores,
voló por la selva hasta encontrar
una bella compañera.

Él, muy enamorado, llevó
a su amada a vivir en el árbol
donde me había encontrado:
"Entre estas frutas hallé
la que me dio la alegría" dijo
a su amada.

Mis hermanas, las demás frutas, se alegraron al ver cómo el amor hacía que nuestros colores permanecieran en el plumaje de las aves, y cómo les dábamos fuerza para volar.

A partir de ese día las frutas
escogimos ser parte
de las aves.

Los tucanes nos agradecen
por alimentar a sus pichones.

Y desde entonces las frutas viajamos por el cuerpo de las aves.

Cuando los tucanes *hacen la caca*, volvemos a salir al mundo en la mañana, cuando brilla el sol.

24

25

Caemos al suelo, y sentimos
cómo se despierta la vida dentro
de cada semilla.

Gracias a los tucanes que
alimentamos, vivimos un milagro
llamado *germinación*.

27

Es como una fiesta con risas
por todas partes:
cuando mis hermanas, las otras
semillas, despiertan después
de haber sido alimento
de los pájaros,

28

se escucha la canción de la vida
que empieza nuevamente
en el piso del bosque.

Luego viene la lluvia
y sentimos cómo nuestras
raíces beben y con el agua
crecemos, como buscando
el cielo, en una alegre
carrera hacia la luz.

31

Extendemos hacia
el sol nuestras hojas, y nos
llenamos de fuerza, a lo largo
de los días y las noches, de los
inviernos y de los veranos…

33

Y llega por fin
un amanecer en que
florecemos por
primera vez.

35

36

Regalamos el néctar de nuestras
flores para alegría de las abejas,
las mariposas y los colibríes
de la selva, para que en cada
cáliz se forme una frutilla…

Nos llenamos de frutos, dulces
y provocativos, que alimentan
a las aves. Cada semilla guarda
la esperanza de realizar el viaje
maravilloso que yo hice una
vez para poder despertar a la vida.

39

Gracias a los tucanes llegamos a ser hermosos árboles, que disfrutan del amor de la lluvia, de la generosidad del sol y de la pasión de los pájaros.

Esa es mi historia que, como un fruto maduro, quería compartir con ustedes.

Ahora que me conocen, saben por qué los indígenas me llaman "el árbol de los tucanes".

41

A las aves regalo mis semillas, para
que las siembren a todo lo largo,
lo ancho y lo profundo de la selva,
donde vivimos felices.

Este libro se terminó
de imprimir el mes de marzo
del año 2011, cuando estaba
haciendo sol y florecía el árbol
de los tucanes.